Directrice de collection : Patricia Tollia – Pages de France
Responsable éditoriale : Marie-Amélie Clercant
Auteur : Gilles Laurendon
Conception graphique : Margotte
Adaptation artistique : Komakino
Réalisation : Céline Julien
Illustrations : Fred Multier

SAS au capital de 15 000 000 euros.

Imprimé en Chine – Dépôt légal : 1e trimestre 2011 – ISBN : 978-2-7312-4502-8
Loi n°49-956 du 16 juillet 1949 sur les publications destinées à la jeunesse.

Contes pour les petits

Le Briquet de la sorcière

Editions Atlas Jeunesse

Il était une fois un soldat qui s'en revenait de guerre et rentrait chez lui à pied.
Sur le chemin, il rencontre une vilaine sorcière.
– Bonsoir, beau soldat ! dit la sorcière. Comme ton sabre est magnifique ! Comme ton sac est grand ! Je veux te donner de l'argent ! Et autant que tu en voudras !
Surpris par tant de gentillesse de la part d'une sorcière, le soldat se demande alors quelles sont ses intentions…

La sorcière rassure le soldat et lui dit :
– Il n'y a pas de piège. Il suffit de te glisser dans le tronc de ce grand arbre, là-bas… Tu y trouveras trois chambres. Dans la première se trouve des pièces de cuivre ; dans la deuxième, des pièces d'argent ; et dans la troisième, des pièces d'or. N'aie pas peur des gros chiens de garde. Et prends autant de pièces que tu le souhaites !

– Et vous, que voulez-vous, vieille sorcière ?
– Rapporte-moi simplement le vieux briquet de ma grand-mère…

Alors la sorcière attache une longue corde autour du soldat.

– Comme cela, je pourrai te tirer quand tu auras terminé! précise-t-elle.

Le soldat se glisse dans le tronc de l'arbre.

Dans la première chambre, il voit un chien aux yeux tout ronds.

– Je ne dois pas avoir peur! se dit-il.

Et il remplit ses poches de pièces de cuivre.

Dans la deuxième chambre, il trouve un second chien aux yeux tout ronds. Tremblant, il ramasse des pièces d'argent, puis il continue sa recherche…

Dans la troisième chambre, il découvre encore un autre chien aux yeux tout ronds. Effrayé, il se dépêche de ramasser un trésor de pièces d'or et le briquet. Sa récolte terminée, il crie :

– Remonte-moi vite, sorcière ! Je veux sortir de là !

Alors la sorcière tire d'un coup sur la corde.

– Voici ton briquet. Mais, dis-moi, que vas-tu en faire ? l'interroge le soldat.

– Cela ne te regarde pas ! répond la sorcière en ricanant.

En entendant ce méchant rire, le soldat lui coupe la tête d'un coup de sabre, d'un seul.

Tailleur

Avant de reprendre son chemin, le soldat ramasse son trésor et le briquet de la sorcière. Puis, ainsi lourdement chargé, il se rend à la ville.

Arrivé au bourg, il se dit, tout heureux :

– Je suis riche, je vais manger dans un bon restaurant et dormir dans le meilleur hôtel.

En passant devant des échoppes, il s'achète un superbe costume et de magnifiques bottes de cuir fin.

– Cet homme doit être un prince ou un grand seigneur ! se disent les gens en l'admirant.

Mais, à force de dépenser sans compter, le soldat se retrouve un beau jour sans le sou.

– Je n'ai même plus de quoi acheter une chandelle ! se lamente-t-il.

Mais soudain, il se souvient que le briquet de la sorcière est toujours dans sa poche. Il l'allume, et que voit-il apparaître devant lui ? Ô surprise, le premier chien aux yeux tout ronds !

– Que voulez-vous, maître ? demande l'animal.

– Donne-moi de l'argent car je n'en ai plus ! répond le soldat.

Et aussitôt le gros chien revient avec un énorme sac de pièces d'or dans la gueule.

Maintenant, le soldat n'a plus de problème d'argent. Mais il aimerait bien connaître la fille du roi. Alors, un soir, il allume à nouveau son briquet. Le second chien aux yeux ronds apparaît.

– Aide-moi, lui ordonne le soldat. Je voudrais rencontrer la princesse. On m'a dit qu'elle était très belle…

Et, en un clin d'œil, le chien est déjà de retour, la princesse assise sur son dos.

Le soldat et la princesse se regardent, se sourient puis se donnent un long baiser…

Le lendemain matin, la princesse explique au roi et à la reine :
– Cette nuit, j'ai fait un rêve curieux. J'étais assise sur le dos d'un gros chien et un soldat m'a embrassée.
Cette histoire est bien étrange ! pensent les parents de la jeune fille.

– Je vais fabriquer une poche en tissu remplie de grains d'orge que je coudrai au dos de la robe de ma fille, déclare la reine à son mari. J'y ferai un trou minuscule, les grains tomberont sur le chemin et nous saurons chez qui se rend notre fille pendant la nuit.

Le soir suivant, le soldat est impatient de revoir sa belle princesse. Alors il allume le briquet de la sorcière. Et le troisième chien aux yeux ronds apparaît à son tour.
– Va chercher la fille du roi ! lui demande le soldat.

L'animal revient bientôt, la princesse assise sur son dos.
– Je vous aime, lui déclare le soldat. Et je veux vous épouser !
Très tard dans la nuit, la jeune fille retourne au palais.

Le lendemain matin, pressés de connaître les aventures de leur fille, le roi et la reine partent de bonne heure, accompagnés d'une escorte. Ils ramassent un à un les petits grains d'orge tombés sur la route. Ils trouvent le dernier juste devant la chambre d'hôtel où vit le soldat.

– Arrêtez immédiatement cet homme ! ordonne le roi à ses soldats.

Puis, de retour au château, il exige :

– Qu'on le jette au cachot ! Il sera pendu dès demain !

Le pauvre soldat se retrouve enfermé dans un endroit humide et sombre à peine éclairé par une toute petite fenêtre.
Les gardes l'ont emmené sans lui laisser le temps de prendre ses affaires. Comment va-t-il pouvoir s'échapper ?

Le lendemain, il aperçoit par la petite fenêtre un jeune cordonnier qui passe dans la rue. Il lui dit :
– Va chercher mon briquet à mon hôtel et je te donnerai quatre sous !
Le garçon ne se fait pas prier. Il court à toutes jambes et revient très vite. Mais le soldat est déjà entre les mains du bourreau.

Le soldat va-t-il être pendu ? Non ! Car le jeune cordonnier lui jette le briquet. Le soldat le ramasse et l'allume une dernière fois. Au même moment, les trois énormes chiens apparaissent.

– Venez à mon secours ! ordonne le soldat.

Les chiens se précipitent alors sur le bourreau, sur les gardes, puis sur le roi et la reine pour les faire fuir.

– Petit soldat, devient notre roi ! crie le peuple.

C'est ainsi que le soldat devint roi. Il épousa la princesse et organisa une fête inoubliable.

Alors que les trois chiens sautaient de joie, le peuple chanta pendant trois jours et trois nuits…